IL N'Y A PLUS D'ENFANS,

COMÉDIE;

LA GUINGUETTE,

AMBIGU-COMIQUE;

LE CHAT-BOTTÉ,

PANTOMIME:

Repréfentés à Choifi-le-Roi devant SA MAJESTÉ,
par les Enfans de l'Ambigu-Comique,

Le Mercredi 8 Avril 1772.

 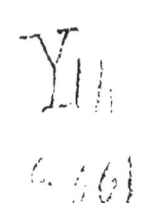

DE L'IMPRIMERIE

De PIERRE-ROBERT-CHRISTOPHE BALLARD, feul Imprimeu,
pour la Mufique de la Chambre & Menus-Plaifirs du Roi,
& feul Imprimeur de la grande Chapelle de Sa Majefté,

M. DCC. LXXII.
Par exprès Commandement de Sa Majefté.

Il n'y a plus d'Enfans, par M. Nougaret.

La Guinguette, par M. Pleinchesne.

La Pantomime a été disposée par
M. Arnould.

IL N'Y A PLUS D'ENFANS,

COMÉDIE,

EN UN ACTE, EN PROSE.

A

PERSONNAGES.

MAdame SIMONE, La Dlle. Cléophile.

M. CRISTOPHE, Le Sr. Talon, le cadet.

LOLOTTE, } La Dlle. Rousseau.

Filles de Madame Simone.

TONTON, } La Dlle. Henriette Paulin.

SUZETTE, } La Dlle. Durand.

Amies de Lolotte & de Tonton.

CÉSARINE, } La Dlle. Rivière.

CRISPIN, *Fils de Madame Simone ,*
Le Sr. Bordier.

FRANÇOIS , *Amant de Lolotte, & Camarade de Crispin .* Le Sr. Talon, l'aîné.

ARLEQUIN, *Neveu de M. Cristophe , & Camarade de François & de Crispin ,* Le Sr. Moreau.

TROUPE d'ENFANS.

La Scène est dans l'Appartement de Madame Simone.

IL N'Y A PLUS D'ENFANS,

COMÉDIE.

SCÈNE PREMIÈRE.

CRISPIN, ARLEQUIN, LOLOTTE, TONTON, SUZETTE,

TROUPE D'ENFANS.

A la levée du rideau, on voit les jeunes Acteurs de la Pièce jouer à Colin-Maillard ; mais en s'agitant beaucoup, & en se livrant à une gaité folle, ainsi que font ordinairement des enfans abandonnés à eux-mêmes.

CRISPIN, *les yeux bandés.*

Bon, je tiens quelqu'un.

ARLEQUIN.

Qui est-ce ? devinez.

CRISPIN, *touchant celle qu'il tient.*

C'est ... c'est ma sœur Lolotte.

LOLOTTE.

Non, car c'eft mon amie Suzette.

(Ils fe mettent tous à rire.)

CRISPIN.

Quoi, je ne vous attraperai pas !

ARLEQUIN.

Caffe-cou.

TONTON.

Il faut le mener aux Quinze-Vingts. *(Elle rit.)*
Ah ! ah ! ah !

CRISPIN, *attrapant Tonton.*

Oh ! pour le coup, je vous tiens.

SUZETTE.

Ah, vous trichez, Monfieur ; vous voyez.

TONTON.

Nous fomme perdus ! j'entends venir Maman.

CRISPIN, *ôtant fon bandeau.*

Eh ! vîte, que je me mette à écrire.

LOLOTTE.

Faifons femblant de travailler à ma broderie.

TONTON.

Qu'ai-je donc fait de mon fil, de mon éguille?

CRISPIN.

Je n'ai pas encore achevé ma page.

LOLOTTE, *à ses deux amies.*

Mettez-vous à coudre auprès de moi, comme si de rien n'était.

CRISPIN, *à ses deux Camarades.*

Asseyez-vous-là, vous autres : vous direz que vous ne faites que d'arriver.

ARLEQUIN.

Je vais lire dans ton Rudiment, *Musa, Musus, Domine, Dominorus.*

TONTON, *en riant.*

Là, là, remettez-vous, ma chère sœur, & vous aussi, mon pauvre frère ; je n'ai point entendu venir Maman.

LOLOTTE.

Pourquoi nous faire une telle peur ?

TONTON.

Vraiment, sans cette petite ruse, j'aurais été le Colin-Maillard.

CRISPIN.

Voyez un peu cette petite fotte. Elle eft caufe que j'ai fait le pâté le plus énorme....., Voilà ma page toute gâtée.

ARLEQUIN.

Bon, bon; tu diras que c'eft dans la chaleur de la compofition.

LOLOTTE.

Oh ! pour le coup, voici Maman.

(Ils fe mettent tous à travailler.)

SCÊNE II.

Les Acteurs Précédens; Mme. SIMONE.

Madame SIMONE, *en entrant.*

J'AI oublié l'échantillon de cette robbe......
Mais que vois je ! le cercle eft nombreux. Vous viendrez donc toujours les détourner ?

ARLEQUIN,

C'eft aujoud'hui vacance, Madame Simone.

CRISPIN.

Oui, ma chère Maman, & ils font venus. ...

Madame SIMONE.

Je le vois bien qu'ils font venus, Mais, encore une fois, qu'ils se tiennent chez eux. Et vous, Mesdemoiselles, que faites vous ici ?

SUZETTE.

Madame, nous travaillons avec mes bonnes amies.

LOLOTTE.

Nous nous donnons des tâches ; j'ai bien-tôt fait la mienne.

CRISPIN.

Je vous promets, Maman, que nous ne faisons pas de bruit.

Madame SIMONE.

A la bonne-heure. Je consens que vous restiez ensemble le reste de l'après-dîné, si vous êtes sages.

TONTON, *embrassant sa mere.*

La bonne petite Maman !

Madame SIMONE,

Tenez-vous tranquilles. Arlequin, comment se porte votre oncle, Monsieur Cristophe ?

ARLEQUIN.

A merveille, Madame ; il a auſſi bon appétit
que moi.

Madame SIMONE.

C'eſt un honnête homme, je l'eſtime. Je vais
chez mon Marchand d'étoffes. Au moins, mes
enfans, que je ne reçoive pas de plaintes de vous :
la Bonne me rendra compte de vos actions.

(*Elle ſort après avoir pris quelque choſe dans*
un ſac à ouvrage.)

SCÊNE III.

LOLOTTE, TONTON, SUZETTE, CÊSARINE, CRISPIN, FRANÇOIS, ARLEQUIN, &c.

CRISPIN, *ceſſant d'écrire.*

LA voilà partie ; réjouiſſons-nous.

LOLOTTE, *quittant ſon ouvrage.*

Elle ne ſera pas ſi-tôt de retour ; allons nous
divertir dans le jardin.

TOUS ENSEMBLE.

C'eſt bien dit.

CRISPIN.

Oui, oui, nous pourrons mieux courir.

FRANÇOIS.

L'aimable Lolotte a toujours raison.

TONTON.

Ah, comme je vais sauter !

CRISPIN.

Allons, qui m'aime me suive.

SUZETTE.

Oh ! j'arriverai la première.

LOLOTTE.

Non, non, ce sera moi.

(Ils sortent en courant,
& en chantant.)

SCÈNE IV.

FRANÇOIS, ARLEQUIN.

ARLEQUIN.

QUE fais-tu donc là ? Eſt-ce que tu veux reſter ici ?

FRANÇOIS.

Je ne ſuis pas en train de me divertir aujourd'hui. Laiſſe-moi. Va t'amuſer avec les autres.

ARLEQUIN.

J'entends ; ton Régent n'eſt guères content de toi : cela t'inquiette ?

FRANÇOIS.

Je me moque bien de lui.

ARLEQUIN.

Tu as peut-être eu des pinçons qui ſont encore à faire ?

FRANÇOIS.

Serait-ce là un ſujet de chagrin pour moi !

ARLEQUIN, *s'approchant de son*
oreille.

Ah ! j'y suis. Tu crains d'avoir demain le
fouet au Collége ?

FRANÇOIS.

Plût au ciel que ce ne fût que celà !

ARLEQUIN.

Je suis ton serviteur. Le fouet n'est point
une bagatelle ; il en cuit quelquefois.

FRANÇOIS.

Tiens, mon cher Arlequin, je te préfère à
tous mes camarades ; & je vais t'avouer un
grand secret.

ARLEQUIN.

Voyons, voyons ce que c'est.

FRANÇOIS.

Apprends.... que je suis amoureux.

ARLEQUIN.

Amoureux ! de quelque friandise, sans doute,
ou bien de quelques fruits que tu ne peux attrap-
per. Oh, si je puis t'aider...., à condition
que j'en aurai la moitié.....

FRANÇOIS.

Que tu es loin de pénétrer ce qui se passe dans mon cœur ! J'aime, oui, j'aime avec transport la plus jolie fille qu'il soit possible de voir.

ARLEQUIN.

Mais tu es fou. Est-ce à notre âge qu'on doit s'aviser d'être amoureux ? Tu ne dois songer qu'à fouetter ton sabot, qu'à jouer au volant, ou bien à la poussette.

FRANÇOIS.

Je n'ai de plaisir qu'à m'occuper de ma jolie maitresse.

ARLEQUIN.

Eh, quelle est donc cette beauté si charmante ?

FRANÇOIS.

Peux tu le demander, puisque tu connais Lolotte ? Quand je la vois, le cœur me bat... oh, il me bat d'une force étonnante ; je veux toujours être avec elle , & quand j'y suis, au lieu d'être joyeux, j'éprouve un embarras qui me cause de la peine... & du plaisir : son idée me suit partout.

ARLEQUIN.

Mal-peste ! quel transport ! Mais tu es bien jeune pour être amoureux.

FRANÇOIS.

Oh, je grandirai, je grandirai ; & dans quelques années je pourrai demander Lolotte en mariage.

ARLEQUIN.

Oui, avec le tems, les petits deviennent grands.... tu fais la chanfon ?

FRANÇOIS.

Laiffe-là ta chanfon. Je n'ai point encore eu la force de découvrir mon amour ; je ne fais même comment m'y prendre : c'eft ce qui me rend trifte & rêveur.

ARLEQUIN.

Que ne demandes-tu confeil à ton Régent ? Ces Meffieurs-là font fouvent plus habiles à courtifer les belles, qu'à enfeigner les règles du Defpautère & de la Syntaxe.

FRANÇOIS.

Peux-tu plaifanter, quand je fuis tout-à-fait malheureux !

ARLEQUIN.

Ma foi, tu me fais pitié. Je me charge de te fervir auprès de l'objet de ta tendreffe, & de l'inftruire de tes fentimens.

FRANÇOIS.

Ah, mon cher Arlequin, fois fûr de ma re-connaiffance ; j'acquitterai tes devoirs, je ferai tes thèmes, tes verfions ; tu n'auras qu'à te repofer.

ARLEQUIN.

C'eft à merveille. Mais j'ai ouï dire que pour réuffir en amour, on devait commencer par faire des préfents. Il faut que je donne quelque chofe de ta part à Mademoifelle Lolotte : aurais-tu de l'argent ? car pour moi, je n'ai pas le fou, grace aux brioches, & fur-tout aux petits-pâtés.

FRANÇOIS.

J'ai apporté dans ma poche une belle petite poupée, dont tu lui feras préfent de ma part. Tiens, la voilà.

ARLEQUIN.

Comment diable ! cela doit lui toucher le cœur.

FRANÇOIS.

J'entends quelqu'un : c'eft juftement Lolotte ; tache de faire quelque chofe en ma faveur : je te laiffe avec elle. (*Il fort.*)

ARLEQUIN.

Allez allez, laiffez moi faire… Le pauvre petit Amour, il eft encore à la bavette.

*

SCÊNE V.

LOLOTTE, ARLEQUIN, *caché.*

LOLOTTE.

IL faut donc venir vous chercher .... - Ils n'y font pas.

ARLEQUIN, *se montrant.*

Oh que si, oh que si ; me voilà.

LOLOTTE.

Est-ce que vous ne venez pas avec nous au jardin ? ... où est donc François ?

ARLEQUIN.

Il est de ce côté-là.

LOLOTTE, *voulant sortir.*

Je vais le chercher.

ARLEQUIN *retenant Lolotte par le bras.*

Arrêtez, Mademoiselle Lolotte ; j'ai quelque chose à vous dire.

LOLOTTE.

De quoi s'agit-il ? Dépêchez-vous, que j'aille rejoindre mes bonnes amies.

ARLEQUIN.

Un moment de patience.

LOLOTTE.

Qu'avez vous-là fous votre bras?

ARLEQUIN.

Vous allez le favoir. Apprenez que vous voyez en moi un Ambaffadeur; ainfi, du refpect.
(*Il marche fierement.*)

LOLOTTE.

Qu'eft-ce que tout cela fignifie?

ARLEQUIN.

Avant de m'expliquer d'avantage, je vais vous faire un préfent magnifique.

LOLOTTE.

Ah, ah, voyons donc.

ARLEQUIN.

Vous ferez enchantée de poffeder un pareil joujou.
(*Il lui préfente une Poupée.*)

LOLOTTE *dédaigneufement.*

Quoi? une Poupée?

ARLEQUIN.

ARLEQUIN.

Examinez fa grace ; & ce qu'il y a de fin-
gulier , c'eft que l, quoiqu'elle reffemble aux
femmes , il lui manque la parole.

LOLOTTE.

C'eft bien à moi , vraiment , qu'il faut donner une poupée ! Fi donc.

ARLEQUIN.

Mais il me femble que rien n'eft plus con-
venable.

LOLOTTE.

Il me prend pour un enfant : ah , l'imbécile !

ARLEQUIN.

Mais quel âge avez-vous donc , Mademoifelle
Lolotte , pour faire ainfi la grande fille ?

LOLOTTE.

Oh , l'on ne doit plus me traiter comme un
enfant ; j'ai bientôt dix ans & demi.

ARLEQUIN.

Comment diable ! vous pourriez être une
vieille, grand'mère.

B

LOLOTTE.

Allèz, Monsieur Arlequin ; gardez votre poupée : vous avez autant d'esprit qu'elle.
                                    (*Elle sort.*)

ARLEQUIN.

J'ai, vraiment, bien réussi.

SCÈNE VI.

FRANÇOIS, ARLEQUIN.

FRANÇOIS, *accourant.*

EH bien, mon cher Arlequin, conte moi vîte ce que tu as fait, ce qu'elle a dit. Je suis d'une impatience.....

ARLEQUIN.

Oui, oui, j'ai fait des merveilles. Tiens ; voilà ta poupée ; je te conseille d'en faire présent à ta Maîtresse : tu n'auras sûrement qu'à te louer de sa douceur.

FRANÇOIS.

Quoi ! la cruelle Lolotte a refusé mon présent ?

ARLEQUIN.

Le mal peut encore se réparer. Puisqu'elle n'aime plus à s'amuser avec des poupées, vous verrez qu'elle sera flattée d'avoir un amant.

FRANÇOIS.

Mais elle a dédaigné ce qui venait de moi.

ARLEQUIN.

Elle trouvera qu'un joli garçon vaut beaucoup mieux qu'une poupée. Il faut que tu lui déclares ton amour.

FRANCOIS.

Je n'en aurai jamais la force, encore si elle était prévenue.....

ARLEQUIN.

Eh bien, je me charge de porter les premières paroles ; mais tu me promets d'avoir après plus de hardiesse.

FRANCOIS.

Oh ! oui ; j'aurai moins d'embarras dès que le secret de mon cœur lui sera connu.

ARLEQUIN *réfléchissant.*

Attens... Il me vient une idée excellente...

Oui... Sans doute... L'habit de cadet Cliquetin, que son pere destine à lui succéder, est à-peu-près de ma taille... Je l'engagerai... Oh ! je suis sûr du succès.

FRANÇOIS.

Instruis-moi de ton dessein.

ARLEQUIN.

Viens, suis-moi, & tu avoueras que, pour me récompenser, tu ne saurais me payer trop de bonbons.

(*Ils sortent.*)

SCÊNE VII.

LOLOTTE, *entrant par le côté opposé.*

JE ne trouve point François, je ne sais ce qu'il est devenu.

SCÊNE VIII.

LOLOTTE, TONTON.

TONTON *arrive en riant.*

AH, ah, ah. Qu'elle a été furprife !

LOLOTTE.

Qui vous fait donc tant rire, ma fœur?

TONTON.

Vous en rirez auffi. Ah, ah, ah. Mais attendez que j'aie repris mon férieux.

LOLOTTE.

La petite folle aura fait fans doute quelque nouvelle efpiéglerie.

TONTON.

Vous allez tout favoir, ma fœur... Oh ! rien n'eft plus comique !

LOLOTTE.

Voyons, je vous écoute.

TONTON.

Voici l'hiftoire. Ayant envie de goûter, je fuis fortie du jardin pour aller chercher la

Bonne. Comme j'approchais de la cuifine, il m'a femblé entendre parler quelqu'un ; je me fuis arrêtée pour écouter ; j'ai remarqué qu'on parlait bas ; la curiofité m'a pris, & j'ai vû par un petit trou, que la Bonne était avec le Domeftique de mon oncle, & qu'il s'eft mis tout d'un coup à l'embraffer. Auffi-tôt j'ai pouffé la porte, & je fuis entrée en éclatant de rire. Oh, que ma fubite apparition les a décon-certés ! ils ont refté tous les deux immobiles comme des ftatues. Enfin, le pauvre Champa-gne s'eft retiré fans ouvrir la bouche ; notre Bonne, qui était rouge comme du feu, m'a grondée fans trop favoir ce qu'elle difoit ; & je fuis accourue pour vous faire part de l'avan-ture. (*Elle rit.*) Ah, ah, ah.

LOLOTTE,

Mais, Tonton, tu n'es qu'une folle ; je ne vois rien là qui foit digne d'attention.

TONTON.

Je fuis donc plus fine que vous, moi, ma chere fœur. Je comprends qu'il y avait du miftère. Un tête-à-tête ?

LOLOTTE.

C'eft une chofe toute fimple.

TONTON.

Oh ! que nenni ; c'eft comme l'hiftoire que j'ai entendue raconter.

LOLOTTE.

Qu'eſt-ce que c'eſt donc que cette hiſtoire?

TONTON.

Suffit. Je vous la dirai une autre fois. J'en reviens à la Bonne. Pourquoi a - t - elle été ſi troublée en me voyant?

LOLOTTE.

Parce que vous lui avez fait peur.

TONTON.

Mais je fais une réflexion. La Bonne paraiſ-ſoit bien contente des careſſes de Champagne; il y a donc du plaiſir à ſe laiſſer embraſſer par les garçons.

LOLOTTE.

Vous êtes une petite ſotte, & vos queſtions n'ont pas le ſens commun.

TONTON.

Oh! je me doute bien de ce qu'il en eſt; & puis, je fais le moyen de me rendre plus ſavante.

LOLOTTE.

Eh! quel eſt-il, ce moyen?

B iv

TONTON.

J'embrafferai d'autres hommes!que mon vieil oncle... Mais je vais courir dans le jardin...(*Elle chante en fortant ; Voilà, voilà la petite Laitiere.*)

LOLOTTE.

Comme elle eft rufée pour fon âge !

SCENE IX.

Madame SIMONE, LOLOTTE.

Madame SIMONE.

OU eft votre fœur ? Où eft votre frere ?

LOLOTTE.

Ils font tous dans le jardin, Maman.

Madame SIMONE.

Et que faites-vous ici toute feule ?

LOLOTTE.

J'allais les retrouver, quand vous êtes entrée.

Madame SIMONE.

Au lieu d'être la plus raifonnable, comme

l'aînée, vous êtes la première à donner l'exemple aux autres. Fi, c'eft honteux.

LOLOTTE.

Ma petite maman, vous me grondez toujours.

Madame SIMONE.

C'eft que vous le méritez, Mademoifelle. Voyez comme elle fe tient! baiffez la vue; n'ayez pas l'air d'une folle.

LOLOTTE.

Je ne dois donc regarder perfonne?

Madame SIMONE.

Une honnête fille doit rarement lever les yeux,

LOLOTTE.

Mais quand on les a beaux, il faut bien les faire voir.

Madame SIMONE.

Taifez-vous, petite fotte, la coquetterie eft de trop à votre âge. Tiens, ma chere, un tems viendra que les hommes te diront que tu es aimable, que tu es jolie; mais c'eft autant de menfonges.

LOLOTTE.

Il me femble pourtant que j'aurais bien du plaifir à les croire.

Madame S I M O N E.

Tu aurais grand tort. Entre nous foit dit,
ma fille, ce ne font que des traîtres, des per-
fides ; il faut t'en défier, & les fuir avec foin.

LOLOTTE.

Mais, ma bonne Maman, vous ne les fuyez
pas, vous, les hommes.

Madame S I M O N E, *embarraffée.*

Oh! moi, ... j'ai de l'expérience... je fais me
garantir du danger.

LOLOTTE.

Eh bien, quand j'aurai de l'expérience, je
faurai me tenir auffi fur mes gardes.

Madame S I M O N E.

Mais je ne veux pas directement que vous
foyez trop inftruite. Voyez un peu cette rai-
fonneufe.

SCENE X.

Les précédents, M. CRISTOPHE.

Monſieur CRISTOPHE.

Bon jour, Madame Simone.

Madame SIMONE.

Votre ſervante, Monſieur Criſtophe.

Monſieur CRISTOPHE.

Eh bien, vos enfans vous font-il toujours enrager?

Madame SIMONE.

Hélas ! plus que jamais. Cette petite fille-là ſur-tout me fera tourner la tête. Ça vous raiſonne, ça veut en ſavoir autant que ſa mere. Allez, Mademoiſelle, allez reprendre votre ouvrage : que je vous voye lever les yeux !

LOLOTTE, *à part, en ſe remettant à ſon ouvrage.*

Ah ! que le meres ſont grondeuſes !

Monſieur CRISTOPHE.

Vraiment ! je ſais ce qu'il en coûte d'avoir

des enfans. Je n'ai qu'un neveu, grace au Ciel; mais c'eft le plus grand pendard! il ne fonge qu'à jouer, qu'à courir; j'ai beau le moriginer; il eft indocile à la correction.

Madame SIMONE.

Votre petit Arlequin eft pourtant charmant.

Monfieur CRISTOPHE.

Le petit drôle n'eft que trop éveillé.

Madame SIMONE.

Chacun a fes peines, Monfieur Criftophe.

Monfieur CRISTOPHE.

C'eft bien vrai, Madame Simone.

Madame SIMONE.

Vous n'êtes pas fi à plaindre que moi; vous ne reftez pas veuf avec trois enfans; & d'ailleurs, vous êtes un richard.

Monfieur CRISTOPHE.

Que de foins! que de travaux m'a coûté le peu que je poffede.

Madame SIMONE.

Vous vous plaignez toujours, & vous vous faites trop peu d'honneur de votre bien.

Monſieur CRISTOPHE.

Que voulez-vous dire ? Ne me fais-je pas conſidérer ? J'ai eu l'honneur d'être Syndic & Marguiller ; & je ſuis l'un des anciens des Six-Corps.

Madame SIMONE.

Il eſt vrai que tout le monde vous eſtime. Mais trop d'économie...

Monſieur CRISTOPHE.

Laiſſons cela. Il fait aujourd'hui le plus beau tems du monde ; allons faire un tour de promenade. J'ai quelque choſe dans la tête que je vous communiquerai peut - être ; & nous pourrons parler plus à notre aiſe qu'ici.

Madame SIMONE.

Oui, vous avez raiſon. (*A part en ſortant.*) L'honnête homme que ce Monſieur Criſtophe !

Monſieur CRISTOPHE, *à part en ſortant,*

La brave femme que cette Madame Simone!

SCENE XI.

LOLOTTE, *seule , en regardant*
sortir sa mere.

ELLE me défendra encore d'aller avec les
hommes... Elle y va bien, elle... Oh! c'est bon ,
c'est bon... Mais...

SCÈNE XII.

LOLOTTE, ARLEQUIN , *en Facteur*
de la Petite-Poste, plusieurs Lettres
à la main.

ARLEQUIN.

SERIEZ - vous par hazard Mademoiselle Lolotte ?

LOLOTTE.

Oui ; pourquoi ?

ARLEQUIN.

C'est que j'ai une Lettre que je ne dois remet-
tre qu'à vous-même.

LOLOTTE.

Eh, de qui eft-elle ?

ARLEQUIN.

Elle eft... Elle eft d'un Amant, puifqu'il faut vous le dire.

LOLOTTE.

D'un Amant! dépêchéz-vous de me la donner; je tremble qu'on ne vienne nous furprendre.

ARLEQUIN,

(à part.)   (haut.)

La petite friponne! Ma foi, vive la Petite-Pofte de Paris ! Nous fommes les Mèffagers, les Poftillons de l'Amour; auffi fommes-nous plus chargés de lettres galantes que de toutes autres dépêches. Sans nous, que de tendres commerces languiraient ; que de Rendez-vous feraient manqués ; & combien de pauvres Maris l'échaperaient belle !

LOLOTTE.

Mais, Monfieur de la Petite-Pofte, trêve de difcours, & remettez-moi ma Lettre.

ARLEQUIN.

Attendez que je la cherche. Toutes mes lettres font écrites par des perfonnes de ma connaiffance & de mon quartier. Je vois à l'écriture de celle-ci de quoi il s'agit. Elle eſt d'une beauté.... de quinze à ſoixante ans ; je me doute qu'elle ſe plaint tendrement à ſon vainqueur qu'il l'abandonne après l'avoir ruinée...Celle-là eſt d'une Agnès qui ſe plaint,ſans doute,à ſon Amant qu'elle a de grands maux de cœur, quoi-qu'elle engraiſſe tous les jours.... Malpeſte ! en voici une de certain gros Bénéficier , adreſ-ſée à Monſieur Détergeant , Maître Apothi-caire : je gage qu'il lui demande un reméde contre les indigeſtions.... Ce petit poulet, qui ſent l'ambre, eſt d'un Abbé qui monte en ville modes,& le ſecret de la Toilette .... les Bon ; voilà votre affaire.

LOLOTTE.

J'ai cru qu'il ne finirait jamais. (*Elle lit.*)
» Mademoiſelle, l'habitude de vous voir dès ma
» plus tendre enfance, m'a fait connaître tout
» votre mérite, & m'a fait éprouver le pouvoir
» de vos charmes Je ſens que je vous aime,
» que je vous adore , & que ce ſera pour toute
» ma vie. Excuſerez-vous la hardieſſe de vo-
» tre fidèle Amant? François Dumont ». (*Après
avoir lû.*) Que viens-je d'apprendre ! quel bon-heur ! François m'aime : ah ! que mon cœur va ſe plaire à le payer de retour !

ARLEQUIN.

Je vois que mon meſſage vous a fait plaiſir ; eh ! bien, reconnaiſſez Arlequin , ſous l'habit d'un Facteur de la Petite-Poſte.
LOLOTTE.

LOLOTTE.

Ah ! Monsieur Arlequin, quelle tromperie !

ARLEQUIN.

C'est à François d'achever le reste. Tenez, il vient fort à propos.

SCÈNE XIII.

Les Acteurs précédens, FRANÇOIS.

LOLOTTE, *à part.*

JE suis toute interdite.

FRANÇOIS, *à part.*

Je n'ose m'approcher.

ARLEQUIN, *bas à François.*

Allons donc ; je l'ai rendu douce comme un agneau.

FRANÇOIS, *s'approchant timidement.*

Votre serviteur, Mademoiselle Lolotte.

LOLOTTE.

Votre servante, Monsieur François.

C

FRANÇOIS, *bas à Arlequin.*

Je tremble ; je ne fais que lui dire.

ARLEQUIN, *bas à François.*

Du courage. Allons , ferme.

FRANÇOIS.

Vous vous portez bien aujourd'hui, Mademoifelle Lolotte ?

ARLEQUIN, *à part.*

La pefte du nigaud !

LOLOTTE.

Je fuis de la meilleure humeur du monde.

ARLEQUIN, *bas à François.*

Tu vois qu'elle te donne beau jeu.

FRANÇOIS.

Vous avez reçu une lettre . . . . que j'ai pris
la liberté de vous écrire ?

LOLOTTE.

Oui ; & je l'ai trouvé charmante.

FRANÇOIS.

C'est... qu'il est bien vrai que je vous aime.

ARLEQUIN, *à part.*

Le voilà pourtant qui se dégourdit.

SCENE XIV.

Les Acteurs précédents, TONTON.

TONTON, *au fond du Théâtre.*

QUE font-ils donc là ? motus ; épions-les.

LOLOTTE.

Maman & ma bonne m'ont dit que les hommes n'étaient que des trompeurs : vous leur
ressemblerez peut-être ?

FRANÇOIS.

Oh ! non , ma chere Lolotte. Je ne puis dou-
ter que je ne ressente pour vous un véritable
amour ; j'ai entendu mon grand frere protester
à la fille de notre voisin qu'il n'adorait qu'elle :
eh bien , tous les sentimens qu'il exprimait, vous
me les faites éprouver.

TONTON, *au fond du Théâtre.*

Oui-dà !

LOLOTTE.

J'aurais peut-être tort de vous croire.

TONTON, *au fond du Théâtre.*

Ma chère sœur s'attendrit.

FRANÇOIS.

La passion de mon grand frère m'a éclairé sur la mienne ; elle m'a découvert que mon cœur s'ouvre déja au doux feu de l'amour, & que c'est pour Lolotte qu'il brûlera sans cesse.

ARLEQUIN, *à part.*

Il a pris ces belles phrases là dans quelque livre.

TONTON, *au fond du Théâtre.*

Ah ! comme il en dégoise !

LOLOTTE.

Eh bien , François, puisque vous êtes sincère, je veux l'être aussi. Je suis enchantée de votre amour ; car enfin, l'on doit être plus charmé d'inspirer l'amitié que la haîne ; & je ne vois point de mal à çà.

TONTON, *se mettant entre François & sa sœur.*

A merveille, ma sœur ; j'ai tout entendu.

LOLOTTE, *à part.*

O ciel ! elle va nous trahir.

TONTON.

Ah ! ah ! vous aimez les garçons ! que j'aurai de plaisir à le publier !

LOLOTTE.

Ma chere Tonton, vous allez me perdre.

TONTON.

Bon ! il n'y a pas de mal à ça, disiez-vous tout-à-l'heure.

FRANÇOIS, *à Tonton.*

Voulez-vous chagriner votre sœur ?

TONTON.

Elle fait trop la raisonnable. Je vais tout dire à maman.

ARLEQUIN.

La petite méchante ! que j'aurais de plaisir à lui voir donner le fouet !

C iij

TONTON.

Qu'Arlequin eſt drôle avec ſa maſcarade !
(*Elle rit.*) Ah , ah , ah.

LOLOTTE.

Tonton , je t'en prie , ne me fais pas gron-
der par maman.

TONTON.

Tenez , je ſuis bonne fille ; que me donne-
rez vous pour que je me taîſe ?

LOLOTTE.

Oh ! tout ce que tu voudras ; mon ſerein ,
mon toutou , & juſqu'à mon petit chat.

FRANÇOIS.

Je remplirai vos poches de bonbons.

ARLEQUIN.

Et moi , je vous ferai préſent d'un beau car-
roſſe , qui roulera tout ſeul.

TONTON.

Je ne veux point de tout cela.

FRANÇOIS.

Que vous faut-il donc ?

TONTON.

Oh ! voyez vous, il me faut un amoureux.

ARLEQUIN.

Vous badinez, fans doute.

TONTON.

Non, je parle très-férieufement. Je fais que toutes les jeunes filles ont grand foin d'en avoir : ferais-je la feule qui n'en ait point ? Oui, il me faut un amant qui me débite de jolies chofes, qui me faffe rire, & qui finiffe par me régaler de bonbons, de croquets, & de plaifir des Dames.

ARLEQUIN.

La petite mafque !

LOLOTTE.

Il faut la fatisfaire. Eh bien, je promet de vous choifir un amoureux, qui fera là, tout-à-fait gentil.

TONTON.

A la bonne-heure. Soyez certaine de ma difcrétion. Si vous me manquez de parole, je dirai tout, & je faurai bien me choifir moi-même un amoureux qui foit de mon goût.

ARLEQUIN.

Ne craignez rien ; nous vous en ferions plu-tôt faire un de fucre.

TONTON.

Je ne veux point d'un amoureux qui fe mange.
(Fl'e fort.)
C iv

SCÈNE XV.

LOLOTTE, FRANÇOIS, ARLEQUIN.

ARLEQUIN.

NOus voilà tous d'accord ; il ne manque plus qu'une petite bagatelle : la mere sçait elle ton amour ?

FRANÇOIS.

Non vraiment.

ARLEQUIN.

Il faudra pourtant l'en informer : comment t'y prendras-tu ?

FRANÇOIS.

Je ne sais pas trop.

ARLEQUIN.

C'est là le diable !

FRANÇOIS.

La démarche me paraît embarrassante.

ARLEQUIN.

Tu as raifon... attens, j'imagine.... eh bien,
tiens, pout t'aguèrir, figure-toi que je fuis la
mère. J'ai entendu fi fouvent répéter les même chofes... bon; voilà juftement fa peliffe, en-
doffons-la. J'aurai l'air d'être en robe de chambre ; qu'importe ?... Mettons auffi cette bai-
gneufe .... c'eft l'effentiel.

FRANÇOIS.

Mais, mais quelle folie !

LOLOTTE.

Prêtons-nous à fon badinage ; je le trouve
divertiffant.

ARLEQUIN.

Là ; la mere fera nonchalamment affife fur fa
chaîfe longue ; vous entrerez doucement tous
les deux les yeux baiffés ; la contenance timide,
& François portera la parole. Allons, com-
mençez.

FRANÇOIS.

Il me fait rire.

ARLEQUIN.

Songe que c'eft du férieux.

FRANÇOIS.

Eh bien, voyons donc. Madame, j'ai bien
l'honneur de vous faluer.

ARLEQUIN, *adouciffant fa voix, & fefant la révérence.*

Votre fervante, Monfieur François. Eh bien,
comment vont les plaifirs ? Etes vous toujours
un petit coquin ?

FRANÇOIS, *d'un air embarraffé.*

Madame... en vérité... pourquoi me faire
une telle queftion ?

ARLEQUIN.

C'eft que la jeuneffe d'à-préfent eft fi libertine !
ah ! qu'elle eft différente de celle d'autre-fois !
les honnétes femmes ne le favent que trop, &
celles qui ne le font pas, encore plus.

FRANÇOIS.

Ah, Madame ! j'ai tellement envie d'être
fage, que je viens vous prier de m'accorder la
main de Mademoifelle Lolotte.

ARLEQUIN.

Bon, bon ! Vous êtes trop jeune.

FRANÇOIS.

J'aimerai votre fille plus long-tems.

LOLOTTE.

Ah, maman! Faites mon bonheur.

ARLEQUIN.

Mes enfans, il me paraît que l'amour eft dian-trement précoce chez-vous. Aprenez qu'autre-fois l'on favait à peine à quarante ans ce que ç'était qu'aimer ; c'était une pitié, une horreur.

FRANCOIS.

L'on eft plus fenfible actuellement.

ARLEQUIN.

On allait à l'école avec la barbe au menton.

FRANÇOIS.

De nos jours, l'on s'inftruit de bonne heure.

ARLEQUIN.

En un mot, au tems-paffé l'on voyait des fils de famille vivre dans l'innocence jufqu'à leur majorité; & des Agnès de vingt ans.

FRANÇOIS,

Aujourd'hui c'eft toute autre chofe. Confen-tez à mon mariage.

ARLEQUIN.

Cela ne va pas fi vîte que votre tête, jeune

homme. Etes-vous riche ? car les talens & le mérite, ne font rien fans l'argent.

FRANÇOIS.

Ma fortune eft honnête ; & d'ailleurs, nous nous aimons.

ARLEQUIN.

Oh ! je regarde votre amour comme une bagatelle. C'eft votre bien, c'eft votre bien feul qui peut me tenter. Au fujet de la dot, ma fille aura peu de chofe de mon vivant, je vous en avertis. Voyez fi la marchandife vous convient.

FRANÇOIS.

Le bonheur d'être votre gendre me fuffit.

ARLEQUIN.

La réponfe eft honnête ; elle m'intéreffe en votre faveur.

FRANÇOIS.

Ah, Madame !

ARLEQUIN.

Allons, pour me remercier, baifez - moi la main.

FRANÇOIS.

Mais ceci eft de trop, je penfe.

ARLEQUIN.

Point du tout. Baife-moi la main, c'eft l'effentiel de la cérémonie.. D'où vient ce dégoût ? Oh ! tu me la baiferas... (*Il le pourfuit.*)

SCÈNE XVI.

Les précédents, Madame SIMONE.

Madame SIMONE.

JE vous furprens, vraiment, dans un bel
équipage.

ARLEQUIN, *à part.*

Où diable me fourrer ?

Madame SIMONE.

Parlez, Monfieur le drôle, que fignifie cette
mafcarade ?

ARLEQUIN, *embarraffé.*

C'eft que... C'eft que...

Madame SIMONE.

Eh bien, quoi ?

ARLEQUIN.

C'eft que nous étions à jouer une Comédie.
François fefait l'Amoureux ; Mademoifelle Lo·
lotte, l'Amante ; & moi je repréfentais la Mere.

Madame SIMONE.

Voulez-vous quitter ces habits! Voyez un peu

ce petit drôle-là ! Et vous, Mademoiselle , voilà donc comme vous êtes raisonnable ?

L O L O T T E.

Maman... Pardonnez-moi...

Madame S I M O N E.

Je vous apprendrai à mettre tout en défordre quand je n'y fuis pas.

S C È N E X V I I.

Les précédents, TONTON, TROUPE D'ENFANS. (*Ils arrivent en danfant en rond.*)

C R I S P I N, *menant la danfe.*

ET toujours va qui danfe...

Madame S I M O N E.

Bon Dieu! quel vacarme! attendez, je vais vous faire danfer de la bonne maniere.

T O N T O N.

Nous ne vous favions pas là, Maman.

Madame S I M O N E.

Vous allez me le payer.

SCÈNE XVIII, & dernière.

Les précedens, Monsieur CRISTOPHE.

Monsieur CRISTOPHE.

VOus me paraissez en colere, Madame Simone.

Madame SIMONE.

Je suis charmée de vous voir, Monsieur Cristophe. Vous m'aviez quittée, disiez-vous, pour une affaire de conséquence.

LOLOTTE, *à part.*

Comme elle se radoucit !

Monsieur CRISTOPHE.

C'est vrai, mais j'ai pensé qu'il ne fallait pas que la journée finît sans m'être clairement expliqué avec vous.

Madame SIMONE.

Vous n'avez qu'à parler. (*Aux enfans.*) Retirez-vous, vous autres.

ARLEQUIN, *bas, à Lolotte & à François.*

Tâchons de les écouter. (*Les enfans se retirent au fond du Théâtre.*)

Monſieur CRISTOPHE.

C'eſt trop balancer. Je vais vous parler tout franchement ; là, tout rondement. La triſte choſe que le veuvage, Madame Simone !

Madame SIMONE.

Hélas ! qui le ſait mieux que moi ?

Monſieur CRISTOPHE.

Voilà ſix mois que vous êtes veuve : que le tems doit vous durer !

Madame SIMONE.

Il me ſemble qu'il n'y a qu'un jour que mon pauvre mari eſt mort.

Monſieur CRISTOPHE.

Vous n'êtes pas laſſe d'un ſi long veuvage ? Vos yeux me diſent que ſi.

Madame SIMONE.

Je veux être fidelle à la mémoire du défunt.

Monſieur CRISTOPHE.

Ma foi, je vous avouerai que je ne ſaurais me piquer de tant de conſtance. Mon veuvage m'ennuie ; le vôtre doit vous peſer : eh bien, ſi vous vouliez, nous nous en déferions l'un & l'autre.

Madame

Madame SIMONE.

Et comment cela ?

Monſieur CRISTOPHE.

En nous mariant enſemble. Moi, je vais tout de ſuite au fait, comme vous voyez.

Madame SIMONE.

Je vais me piquer de la même franchiſe. Une veuve n'eſt jamais fâchée d'en perdre le nom. J'accepte votre main avec joie.

Monſieur CRISTOPHE.

Ma chere Madame Simone, que je vous aime !

LOLOTTE, *accourant*.

Maman, Maman, je prends part à votre bonheur. Mais rendez-moi heureuſe auſſi.

Madame SIMONE, *bas à Monſieur Criſtophe*.

Ils nous écoutaient.

Monſieur CRISTOPHE, *bas à Madame Simone*.

Paix, paix ; ils n'ont peut-être pas tout entendu.

FRANÇOIS.

Permettez-moi, Madame, de prétendre un

D

jour au bonheur d'épouser ma chere Lolotte. Nous nous aimons , & nous ferons tous les deux contens comme de petits Rois.

Madame SIMONE.

Vous êtes foux , mes chers enfans.

LOLOTTE.

Mais , Maman , devez-vous être fâchée que nous suivions votre exemple ? Vous aimez Monsieur Criftophe ; moi j'aime François : rien de fi naturel,

TONTON.

Oui-dà ! ma sœur veut être bientôt mariée : mais j'aurai mon tour , j'aurai mon tour.

ARLEQUIN.

Eh bien, je veux me marier aussi. (*A Tonton.*) Tenez, prenez-moi.

Madame SIMONE.

Oh! il n'y a plus d'enfans, il n'y a plus d'enfans. Venez, mon cher Criftophe ; allons tout préparer pour notre mariage : nous songerons après à celui de notre petite famille.

FRANÇOIS.

Quel bonheur !

ARLEQUIN, *aux enfans.*

Mes chers amis, vive la joie !

CRISPIN.

Oui, en attendant le jour des nôces ; fautons ;
divertiffons-nous ; & fouhaitons qu'on devienne
fi fage, fi raifonnable à notre âge, que ce ne
foit qu'à cet égard que le proverbe foit fondé
à dire : il n'y a plus d'enfans.

FIN.

www.ingramcontent.com/pod-product-compliance
Lightning Source LLC
Chambersburg PA
CBHW061653180626
46818CB00003B/1081